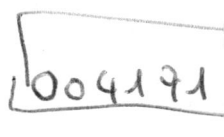

004171

2.8

# L'amour est très surestimé

La Chambre des parents, *roman, Fayard,*
*1997*
Nico, *roman, Stock, 1999; Livre de Poche*
*n° 15111*
À présent, *Stock, 2001; Livre de Poche*
*n° 15426*
Marée noire, *roman, Stock, 2004; Livre de*
*Poche n° 30363*
J'apprends, *roman, Stock, 2005*

Brigitte Giraud

# L'amour est très surestimé

Stock

ISBN 978-2-234-05925-2

« L'amour est très surestimé. »

Dominique A, *Surestimé*

# La fin de l'histoire

C'est la fin de l'histoire et vous ne le savez pas. Il est là, debout devant la fenêtre, et vous lui en voulez de masquer la lumière. Ce n'est pas lui que vous voyez mais le jour qu'il empêche d'entrer. Ça commence comme ça. Il est là et sa présence vous gêne. Vous ne l'attendez plus. Vous rentrez le soir et vous allumez la radio. Un baiser distrait après avoir quitté vos chaussures. Le silence tout de suite après. Vous ne savez comment c'est arrivé. Depuis combien de temps. Vous pensiez que ce ne serait pas possible. Pas lui, pas vous. Vous connaissiez les pièges, le quotidien, les courses. Il paraît que les lessives tuent l'amour. Vous n'y avez jamais cru, vous refusez de vous laisser enfermer dans pareil cliché. Et pourtant, la fumée de sa cigarette vous gêne. C'est un signe. Vous renoncez à interpréter les signes.

Vous n'avez rien vu venir et vous ne l'aimez plus. Vous demandez à vérifier. Il s'agit d'être sûr. Mais vous doutez. En fait, vous l'aimez et ne l'aimez pas à la fois. Il faudrait vous décider, ça devient agaçant. Vous l'aimez pensez-vous, mais ne supportez pas quand il traverse le salon en peignoir. Quand il s'installe devant la télévision dans cette tenue, les cheveux encore mouillés, plaqués en arrière. Lui, sans doute vous l'aimez, mais c'est la même scène répétée chaque jour qui vous indispose. Il ne s'agit pas de tout mélanger. Ce qui est sûr, c'est que vous éprouvez de la tendresse pour lui. C'est ce que l'on dit, paraît-il, quand on n'aime plus. Plus on éprouve de tendresse et moins on aime, alors ? Mais qui peut dire la différence entre les deux ? La tendresse, c'est quand on n'a pas de désir. On se caresse la joue avant de s'endormir. C'est Pimprenelle et Nicolas.

Et pourtant vous n'en êtes pas là. Vous faites l'amour, il n'y a pas de doute. Plutôt souvent et avec conviction. Mais vous trouvez qu'il s'y prend mal. S'y prend-il mal d'ailleurs ou est-ce vous qui pinaillez ? Ça dure depuis combien de temps ? Et pourquoi vous n'en avez pas parlé avant ?

Vous repoussez l'idée de ne plus l'aimer. Vous n'imaginez pas qu'il faudra le lui dire. Alors vous en faites votre affaire. Vous vous accommodez. Vous acceptez de ne plus supporter : sa démarche, sa conduite, la musique qu'il écoute. Sans en faire un drame. Vous êtes désagréable. Parfois blessante, mais vous camouflez. Puis vous n'y tenez plus. Ça vous échappe. Vous alignez les reproches, vous ressemblez à votre mère. Vous vous détestez. Vous vous ressaisissez, donnez encore une chance à votre histoire. Vous êtes douce, conciliante, juste ce qu'il faut pour relancer la machine. Ne pas être obligée de parler de cela. Une semaine s'écoule, parfois deux. Vous allez au cinéma, vous invitez des amis, vous partez en week-end à la montagne. Vous pensez que vous vous égarez. C'est bien l'homme de votre vie. Vous avez été injuste, impatiente, d'une exigence maladive. Vous vous prenez pour qui ? Puis il oublie ses clés et ça vous crispe, il tente de vous embrasser dans le cou et vous repoussez son élan. Vous dites que vous n'avez pas le temps. Vous êtes bardée d'excuses. Vous pensez que tout est sa faute. Depuis quand est-ce sa faute ? Ça a commencé quand ?

Vous convoquez votre mémoire, scrutez le moindre détail. Vous traquez les indices, il vous faut des preuves. Vous ne croyez pas à votre négligence, ça ne vous ressemble pas. Vous refusez d'admettre que vous avez pu vous tromper. Vous avez une plus haute opinion de vous-même. Mais plus vous cherchez, moins vous comprenez ce qui s'est passé. Vous vous repassez le film, depuis le premier jour. Votre rencontre après un spectacle de danse. Votre première conversation au téléphone. Votre premier dîner. Votre première nuit. Vos premières vacances. Biarritz, l'hôtel au-dessus de la mer, le vent et l'océan déchaîné. Votre premier retour de vacances. Votre regard triste à l'idée de vous séparer pour reprendre le travail. Non, vous ne voyez rien dans tout cela qui aurait pu vous alerter. Il fumait dans la voiture et ça ne vous incommodait pas. Il buvait beaucoup le soir au restaurant et vous buviez avec lui. Il perdait son briquet, ses lunettes, ses papiers et ça vous paraissait romantique. Il vous attendrissait. Il était unique, désinvolte, étourdi. Tellement différent, vous semblait-il. Le premier appartement que vous avez visité, vous vous en souvenez parfaitement. Vous étiez d'accord, sur tout. Tout vous convenait. L'humidité ne vous décourageait pas, ni le bruit, ni le manque de chauffage, ni l'exiguïté des lieux. Vous vous en fichiez. Vous le dévoriez des yeux. Vous ne possédiez rien que l'avenir devant vous. Vous étiez immortels. Vous aviez tout le temps.

Et ce temps aujourd'hui, qu'en faites-vous ? Vous l'anéantissez. Vous évaluez, comparez, interprétez. Vous faites de votre temps une échelle de valeurs. L'homme de votre vie est devenu un terrain d'expérimentation. Vous le mettez à l'épreuve, vous le forcez à rentrer dans des cases, celles qui vous conviennent. Vous lui assignez une place. Vous lui concédez un rôle. Vous exigez que rien ne dépasse. Vous le traitez comme un objet dont vous décidez de l'usage. Vous disposez de lui à volonté.

Vous avez idée de ce qu'il doit faire, penser, accepter. Vous voulez l'éduquer, le rééduquer. Vous ne l'aimez plus. Vous l'avez vidé de sa substance, vous l'avez usé. Il est devant vous, démuni et fatigué. Et ainsi, il ne vous plaît plus. Une coquille vide que vous avez aspirée. Peut-on aimer une coquille ? Peut-on aimer un homme qui ne se rebelle pas ?

Est-ce que ça a commencé au premier jour ? Est-ce vous qui avez tué votre histoire ? On dit que la fin est inscrite dans le commencement. La faute à qui alors ? À celui qui a dévoré l'autre ? À celui qui s'est laissé dévorer ?

# L'été de l'attente

Marie Trintignant est en train de mourir. Elle est dans l'avion qui la ramène en France. Elle a décollé de Vilnius il y a à peine deux heures. Elle arrivera dans la nuit. Elle est en train de mourir depuis trois ou quatre jours. Je pense à Marie Trintignant à chaque instant. Je suis chez moi. Je ne travaille pas. C'est la fin du mois de juillet et j'ouvre les cartons après mon déménagement. Il ne se passe rien. Il fait chaud ; il y a des orages soudains. Les arbres au fond du jardin menacent de se rompre sous le vent et la grêle. Je me lève tard. J'allume la radio et j'ai peur qu'on annonce la mort de Marie Trintignant. Bertrand Cantat, on ne sait pas où il est. Aux mains de la police lituanienne. Il est apparu à la télévision, menotté, traîné dans le couloir d'un hôtel. Il avait la tête baissée. Les cheveux longs et la tête baissée. Marie Trintignant est tombée. Sa tête a cogné. C'est ce qu'on a d'abord entendu. La « violente dispute » s'est transformée en « coups », puis en « blessures ». Puis « non-assistance à personne en danger ». Il y a eu escalade dans ce qu'on a entendu. Une dispute qui a mal tourné. Un affrontement. La dispute, au fil du temps, est devenue « crime ». Bertrand Cantat a commis un crime. Il est des mots qu'on n'arrive pas à prononcer.

Le jour où Marie est morte, Bertrand est mort aussi. Et nous sommes tous restés sans voix, coupables de ce qui venait d'arriver. Coupables, comme toujours, de n'avoir rien pu empêcher. Nous ne pouvions que dire : Bertrand Cantat, c'est moi. Nous venions de commettre l'irréparable aussi. Nous étions incapables de penser. Nous étions anéantis par notre besoin de comprendre. Notre besoin de consolation. L'été n'était plus le même. C'était l'été de la fin. La fin de l'amour, la fin de la musique, la fin du cinéma. La fin des illusions sur l'amour. Quelque chose était mort en nous. C'étaient des enfants qui perdaient leur mère. C'était le corps de Marie qui volait dans le ciel. C'était la voix de Bertrand Cantat qui, une nouvelle fois, retournait au néant. La voix qui disait pardon. Pardon. Je ne voulais pas ce qui est arrivé. Pardon. Avant de disparaître à l'hôpital de la prison. C'était l'été de l'attente. Une semaine à attendre. La nouvelle de « l'accident » qui tombe le premier soir, à laquelle on ne croit pas. On ne sait pas encore ce que veut dire le mot coma. Comme on aime les histoires qui finissent bien, on imagine que cette histoire-là va bien tourner. On nous a appris que la princesse finit toujours par se réveiller. Surtout quand le prince n'est pas loin. On nous a raconté des bobards. On ne veut pas que le prince endorme la fille. Ça ne se passe pas comme ça. On pense que les journalistes exagèrent, pour se donner de l'importance. On entend que Bertrand Cantat était sous l'effet de l'alcool et des médicaments. Médicaments, on se doute que ce n'est pas de la Catalgine. On traduit drogue. Les journalistes mettent dans la même phrase les mots rock et alcool. Ils disent « le chanteur du groupe de rock Noir Désir ». Dans la tête des auditeurs, c'est normal que rock rime avec alcool et drogue. Ça ne choque personne. Le rock c'est quelque chose de destructeur. Ça ne peut donc que mal finir. Le rock, c'est dangereux, c'est vivre vite et mourir jeune. Les journalistes auraient pu dire que cette histoire se passait dans l'univers des intermittents du spectacle, dont on a parlé tout le mois de juillet. Le spectacle, ça tue. Mieux vaut travailler à l'usine, sur une chaîne de montage. La nouvelle qui tombe le premier soir, on est sceptique. Parce que ça se passe en Lituanie. On juge avec nos airs supérieurs de petits Français. On se dit que les médecins lituaniens sont sûrement à côté de la plaque. On va avoir un démenti. Ça va basculer. D'ailleurs, ce sont des médecins français qu'on envoie à Vilnius. C'est bon signe. Ils sont tellement plus performants. Ils vont déceler immédiatement ce que ces demeurés de Lituaniens ne sont pas capables de repérer. Mieux vaut un coma à Paris qu'un traumatisme crânien à Vilnius. On entend parler de l'opération de la dernière chance. On espère comme des malades. On espère. On pense aux enfants de Marie Trintignant. On ne veut plus allumer la radio, de peur d'entendre que l'opération a échoué. On pense aux enfants. Où sont-ils pendant que maman est en tournage si loin ? Chez leurs pères ? On entend dire que Marie a des enfants de plusieurs pères différents. Il y a ceux qui sont bien informés. Ceux qui savent tout. Ceux qui vous en apprennent des bien bonnes. On pense à Jean-Louis Trintignant, un homme que l'on admire. La nouvelle tombe et l'on voit des gens qui disent que ces histoires-là sont l'apanage des stars. Seules les stars vivent à l'hôtel. Seules les stars se baladent à Vilnius en plein mois de juillet, au lieu d'être à la Grande Motte. Seules les stars boivent de l'alcool à en devenir fous et restent sur le carreau jusqu'à sept heures du matin. Les stars se permettent tout. De casser la salle de bains de leur chambre d'hôtel, de jeter le bidet par la fenêtre, de commander un taxi in extremis pour échapper à l'enfer. On voit des gens qui ont la haine des stars. Qui prennent des airs dégoûtés. Qui disent « et encore faudrait les plaindre ! » On voit des gens tellement jaloux qu'ils affirment préférer leur vie à celle des artistes. Ils disent que changer de femme, voyager, faire des interviews, ça ne les intéresse pas. Pas le moins du monde. Ils disent que si c'est pour finir comme le fils Depardieu, merci bien. Amputé d'une jambe, ça n'arrive quand même pas au premier pékin venu. La nouvelle tombe et l'on se sent si proche. On n'est pas une star, on va travailler tous les jours. On va au cinéma, on achète des disques. On fait les soldes. On n'est pas une star, on mange parfois à la cafétéria des Galeries Lafayette et on se sent si proche. On ne sait pas comment ça s'est passé, on ignore tout du drame. Et pourtant on est dans l'œil du cyclone. On a le même âge. Les mêmes exigences face à la vie. Les mêmes intransigeances. On est si proche, sans doute, parce qu'on a marché il y a peu du côté de la mort. On a flotté au-dessus du précipice. On a voulu que Marie se réveille de son coma. Pour ne pas revivre cela. Pour qu'à son tour Bertrand ne vive pas cela. Parce qu'on ne peut admettre que la mort est au bout de l'attente. Attendre, c'est espérer. Sinon on n'attend pas.

Les jours ont passé, et les nuits silencieuses. Le matin, on voulait prendre des nouvelles de Marie. On avait peur tout le temps. On était à la place de Bertrand Cantat, qui avait surgi de son inconscience, qui avait fini par ouvrir les yeux. On devenait Bertrand Cantat qui avait commis une folie et qui devait admettre que cette folie n'était pas un rêve. On se réveillait dans la peau de Bertrand et on refusait la réalité. On refusait d'être impliqué dans la réalité, d'en être le personnage principal. On gardait le visage tourné vers le sol. On priait en même temps que Bertrand priait. On ne croyait pas en Dieu mais il était impossible de ne pas l'implorer, parce qu'on ne savait à qui s'en remettre. Faites que Marie ne meure pas. Faites que cette nuit n'ait pas existé. Faites que je puisse revenir en arrière. Quelques heures seulement en arrière. Faites que la femme que j'aime ne me soit pas enlevée. Faites que je redevienne un homme. Faites que je puisse lui demander pardon, à elle. Les jours ont passé et personne ne comprenait quelle était cette colère qui avait tué. D'où venait cette colère. Personne ne se donnait la peine de chercher à comprendre. On entendait des statistiques à propos des femmes battues. La douleur humaine se changeait en statistiques, comme toujours. Les accidentés de la route deviennent des chiffres dans les tableaux des ministères. L'histoire de Bertrand Cantat et Marie Trintignant finissait en objet d'étude pour sociologues. C'était répugnant.

L'été passait. On entendait parfois parler du procès qui se préparait aux confins de l'Europe. Puis il y a eu le livre de Nadine Trintignant. Le sentiment de malaise à sa parution. Le chiffre monstrueux des ventes. L'automne passait. Personne ne diffusait plus la musique de Noir Désir sur aucune onde, on n'osait pas chez soi réécouter *Des visages, des figures*. On restait interdit, parfaitement empêtré. On n'osait pas écouter la voix de Bertrand Cantat, on avait peur d'y entendre les intonations de ce qui allait arriver, on avait peur que la voix soit annonciatrice, on ne voulait pas prendre le risque de chercher dans la voix l'indice, le grain de sable, on avait peur de bien pire encore, c'était de ne rien entendre du tout, de ne rien comprendre de ce qui allait arriver. On ne voulait pas non plus voir le film à la télévision avec Marie Trintignant dans le rôle de Colette, pour les mêmes raisons. On redoutait le spectacle d'un visage qu'on aurait traqué dans ses moindres tressaillements, on aurait scruté ce visage, à la recherche d'une lueur trahissant l'amour fou puis le drame amoureux. C'est avec cette gêne qu'on feuilletait les magazines, on avait sous les yeux des clichés pris pendant le tournage du film en Lituanie, ici Marie, et là Bertrand, photographiés après une journée de travail, les commentaires gratinés des journalistes, et l'on enviait Marie et Bertrand, on ne les appelait plus que par leur prénom, on les enviait d'avoir vécu cette passion, qui se lisait à peine dans leurs yeux, si l'on voulait être objectif, mais on voulait tout sauf l'objectivité, on voulait être ravagé par l'histoire d'amour des autres, et comme d'habitude on voyait ce qu'on voulait voir, nous sautait aux yeux ce qu'on voulait nous montrer. C'est la raison d'être des photographies dans les magazines, qui, sans leurs légendes, feraient un flop absolu. Puis le temps du deuil pouvait commencer, le long tunnel de silence et de solitude. Je pensais à tous les enfants, ceux qui avaient une maman morte, ceux qui avaient un papa criminel. Je pensais à l'histoire qu'on raconterait aux enfants. Personne ne parlait plus de Bertrand Cantat. Il commençait à purger sa véritable peine. Il devenait inconvenant de penser à lui comme à un homme en deuil. Et c'est ainsi que je pensais à lui, que j'y pense encore aujourd'hui. Tuer n'empêche pas d'être en deuil.

# Le jour et la nuit

Au plus intense de la confusion, au moment où je perds pied parce que j'hésite encore à quitter la maison, tu me demandes de choisir entre une peinture ocre et une peinture sable pour la salle de bains. Tu me regardes sortir de notre chambre à dix heures du matin, le visage déformé par la nuit passée à tenter de mettre des mots sur le malaise qui nous étouffe, et tu me fais choisir : ocre ou sable. Tu me dis aussi qu'il faudra changer le rideau de la douche, il faudra appeler le type pour la chaudière. Je te regarde et réponds que je ne sais pas. Tu sembles étonné que je n'aie pas de préférence, moi qui ne laisse jamais rien au hasard. Tu mets le nuancier sur la table de la cuisine, près de mon bol de café et tu passes en revue toutes les couleurs possibles. Ocre, sable, ou carrément safran, tu hésites, tu t'approches de la fenêtre pour évaluer les couleurs à la lumière du jour. Tu dis qu'on pourrait combiner ocre avec des faïences plus neutres, tu me demandes si c'est une bonne idée. Comme je ne réponds toujours pas, sidérée que tu déploies autant d'énergie pour une couleur que l'un ou l'autre ne verra sans doute jamais, tu m'assures qu'il existe d'autres teintes, si je préfère, dans une autre marque. Je dis qu'on a le temps de voir, que rien ne presse, j'ajoute qu'on a des problèmes plus graves à régler. Je fais allusion à la nuit tout juste achevée, aux phrases que nous avons échangées, saturées de reproches et de doutes. Je dis que j'ignore ce qui va se passer maintenant. Tu te rends dans la salle de bains pour mesurer les murs, évaluer le nombre de pots de peinture qu'il faudra acheter. Tu cherches le mètre partout, tu ouvres la boîte à outils au milieu de la cuisine, tout est par terre : les pinces, la tenaille, les tournevis, tu me demandes si je n'ai pas vu traîner le mètre, moi qui connais la place de chaque objet dans la maison. Tu ouvres et fermes la porte de la salle de bains, tu passes et repasses dans la cuisine alors que je réchauffe mes mains autour du bol de café, les yeux agressés par la lumière et l'estomac noué. Tu n'es pas sûr pour la couleur, tu voudrais aussi savoir si nous choisissons du mat ou du satiné. Tu passes la main sur le mur de la cuisine, là où mon regard tente de s'ancrer, près du calendrier où nous notons nos rendez-vous et nos projets, tu caresses le mur et décides que satiné sera un bon choix. Tu attends mon approbation et, face à mon silence, confirmes ce que tu viens d'énoncer, pas gêné en apparence par le monologue que tu entretiens. Tu laisses les outils répandus sur le sol, je débarrasse la table, tu mesures les volumes de la salle de bains, et je dois attendre pour prendre ma douche. Tu me dis qu'avec un joli rideau de couleur vive, rouge par exemple, on obtiendra une pièce plus gaie. Ocre et rouge, c'est peut-être un peu osé, non ? interroges-tu. Je m'entête dans mon mutisme, je réponds simplement que l'heure tourne, que je dois me dépêcher. Puis je t'entends téléphoner, tu prends rendez-vous pour la révision de la chaudière. Tu me demandes si mercredi prochain, fin de matinée, ça me convient. Je suis obligée de répondre, le plombier est à l'autre bout du fil, et malgré moi je dis que oui ça convient. Je dis oui et je pense que mercredi prochain, je ne serai peut-être plus là. Je reste longtemps sous la douche, je n'ai pas envie de m'habiller, je dois aller chercher les enfants à l'école. Je m'en veux de la matinée gâchée, je n'ai rien fait. Tu es au milieu du couloir et je n'ai pas envie de te croiser, de te frôler, tu serais capable de me plaquer contre le mur comme si de rien n'était. Tu serais capable d'écarter mon peignoir, alors qu'il y a quelques heures à peine, nous tentions d'élucider les raisons de notre échec. Je me demande comment résonnent en toi nos conversations nocturnes, tant il est impossible d'en discerner les traces, d'en distinguer les séquelles, je me demande si c'est moi qui ne sais pas dire ou toi qui ne sais pas entendre, je ne suis pas sûre que nous parlions la même langue. Je prononce pourtant chacun des mots essentiels à faire une phrase, simple, claire, directe mais sans violence pour que tu saches à quel point cette vie ne me convient plus. Je ne t'accuse pas, je te demande simplement ce que tu ressens, puis c'est toi qui parles, tu donnes ton point de vue, le ton monte un peu, nous prenons garde parce que les enfants ne dorment pas loin. Puis j'enchaîne, je tente d'avancer d'un cran, je voudrais arriver à la question centrale mais ne peux m'y risquer trop vite, je te laisse la parole, tu répètes ce que tu as déjà dit, et moi aussi sans doute, je me répète, nous nous enfermons chacun dans notre logique, notre conversation se change en deux monologues qui tournent à vide. Et j'approche du cœur, c'est-à-dire de l'amour, la seule considération qui m'intéresse, je voudrais savoir si tu m'aimes toujours. Et il se passe chaque fois la même chose, tu deviens soudain silencieux, plus je parle et plus tu t'endors. Mes paroles sont d'un coup le plus puissant des somnifères. Je dis que je vais te quitter et tu fermes les yeux. J'attends une réponse à ma question et tu sombres littéralement dans le sommeil, aspiré de tout ton être, tu t'éteins d'un coup comme on débranche un appareil. Tout de suite après, tu respires fort, et le lendemain matin, tu me demandes de choisir entre les couleurs sable et ocre. Tu

me demandes ce qu'on fera la semaine prochaine, quel jour on invitera tes parents, où
nous partirons en vacances, ce que nous
offrirons aux enfants à Noël.

# Dire aux enfants

Nous allons dire aux enfants que leur vie va changer, avec des mots trompeurs et lâches, dire qu'ils ne doivent pas être inquiets. Leurs parents les aiment, c'est ce qui compte, allons-nous répéter. Leurs parents sont laminés, épuisés par les nuits sans sommeil, les tentatives de sauvetage, les longs tunnels comateux, l'espoir enfui, mais leurs parents vont se tenir devant eux, presque souriants, et vont prononcer deux phrases, tout au plus, deux ou trois phrases composées tout spécialement pour l'occasion, un enchaînement de mots qui dira l'amour et la fin de l'amour, l'amour qu'on a pour eux et l'amour qu'on n'a plus pour nous. Deux phrases qui vont tuer quelque chose en eux, après qu'est mort quelque chose en nous. Nous allons réunir les enfants, ce soir, avons-nous décidé, avant ou après le repas, nous n'avons pu choisir. Nous allons nous installer tous les quatre dans le salon, ou autour de la table de la cuisine. Nous pensions éviter le soir, à cause de la nuit juste après. Nous voulions éviter le matin, à cause de l'école juste après. Nous voulions éviter de faire le malheur de nos enfants et pourtant, nous allons confirmer les statistiques. Nous allons tenter de relativiser en nous inscrivant dans le grand mouvement qui sépare les papas des mamans. Nous allons leur apporter la preuve que l'amour n'est rien, rien de ce qu'on nous avait laissé croire. Nous allons couper court à leurs illusions, leur transmettre le goût de l'inachevé. Nous allons apparaître sous un jour nouveau, minables et coupables, approximatifs. Nous allons encore dire « nous », pour la dernière fois, ensuite nous parlerons comme tous les parents séparés, nous dirons « ton père », nous dirons « ta mère », et surtout nous passerons à la première personne du singulier. Nous tenterons de ne pas trop trahir notre amputation. Nous allons encore dire

« nous » ce soir, « nous devons vous parler », « nous avons décidé, papa et moi ». Nous avons décidé de ne plus dire « nous », c'est une contrainte nouvelle, une sorte de jeu, c'est un grand jeu de piste au fond de la forêt, vous verrez, vous allez vous amuser beaucoup. Vous aurez papa d'un côté et maman de l'autre et vous ne les apercevrez jamais plus ensemble, ils seront chacun dans une cabane, n'ayez pas peur, ce n'est pas l'histoire du Petit Poucet, papa et maman ne vous abandonneront pas, au contraire, ils se battront pour vous avoir l'un et l'autre, ils deviendront ennemis pour vous garder. Vous verrez, c'est une grande aventure, papa et maman voudront tout le temps vous faire plaisir, vous aurez deux Noël et deux anniversaires, et aussi deux chambres et deux télévisions. Vous verrez comme vous allez grandir, vous allez apprendre à faire vos sacs tout seuls, à ne pas oublier vos nounours et vos médicaments. Vous allez devenir des aventuriers des temps modernes, toujours en mouvement, un petit balluchon sur le dos, vous allez apprendre à voyager tout seuls, vous monterez dans l'autobus et vous descendrez au douzième arrêt. Vous irez chez le coiffeur avec papa et chez le dentiste avec maman, chez mamie Jeanne avec papa et chez mamie Yvonne avec maman. Vous verrez comme votre vie va se déployer, comme vos territoires vont s'ouvrir, vous vivrez deux fois la même situation, vous aurez droit à la mer et aussi à la montagne, vous irez plus souvent au cinéma, vous mangerez plus de glaces, vous aurez deux pyjamas. Vous allez goûter à tous les suppléments. Vous deviendrez des champions du calendrier, vous apprendrez à compter les jours, la moitié des vacances, les semaines paires, vous deviendrez des migrants, quasiment des intermittents. Vous serez attendus, espérés, votre retour sera une fête, vous ne connaîtrez plus la routine des parents blasés, des parents excédés par vos bêtises, par vos problèmes d'endormissement. Vous serez un peu comme des enfants uniques, avec votre unique parent. Vous pourrez vous permettre presque tout, parce que vous souffrirez, vous entendrez dire que vous êtes perturbés, vous aurez de mauvaises notes à l'école et ce sera normal, vous aurez de bonnes notes, et ce sera inespéré, vous aurez des migraines, vous aurez mal au ventre et ce sera logique, quoi que vous fassiez, ce sera la faute de vos parents séparés. On vous proposera d'aller voir un psychologue, un monsieur à qui vous pourrez parler de vos problèmes, mais vous ne verrez pas de quels problèmes il s'agit, vous irez très bien. Vous donnerez quelques coups de pied dans la cour de récréation, vous vous cognerez parfois la tête contre le mur, vous ferez des dessins avec du noir et du rouge, toujours le même incendie, mais vous irez très bien. Vous serez dociles avec papa et aussi avec maman, vous voudrez faire plaisir à l'un et aussi à l'autre, vous deviendrez des rois de la complaisance, vous défendrez chacun de vos parents. Vous serez des messagers, ceux par qui tout arrive, vous aurez entendu des phrases ici ou là, lors de repas, de conversations téléphoniques, vous vous arrangerez pour que les informations soient transmises, en toute innocence, vous répandrez le doute à cause de votre propre peur. Vous vivrez dans la peur, vous fermerez les yeux, à la fête de l'école, quand papa s'approchera de maman, vous ne voudrez pas voir quand, sous le préau, debout face à face, ils se parleront, vous vivrez dans la peur et aussi dans l'espoir que vos parents habitent à nouveau ensemble. Vous ressentirez quelque chose d'étrange, le soir dans votre lit, vous ne vous endormirez pas tout de suite, parfois vous aurez des pensées compliquées, vous imaginerez que tout cela est votre faute, ce sont les enfants qui séparent les parents. Vous vous direz qu'il vaudrait mieux disparaître, vous attendrez de devenir plus grands. Vous préférerez vous faire oublier, vous raserez les murs, vous serez pris dans toutes les contradictions, vous ne voudrez pas déranger mais vous aurez peur de ne pas exister. Vous serez pris dans cet écartèlement, cela n'ira jamais. Vous serez en manque, vous voudrez revenir en arrière, vous aurez la nostalgie de votre petite enfance, vous pisserez au lit de nouveau. Vous refuserez de grandir, vous tournerez cent fois la viande dans votre bouche. Vous voudrez dormir tous les deux dans la même chambre et bientôt dans le même lit, le frère aîné et la petite sœur. Vous ne trouverez le sommeil qu'avec la lumière, et la porte ouverte.

Vous voudrez dormir ensemble, et vous deviendrez papa et maman, vous demeurerez allongés l'un près de l'autre, vous ne vous séparerez jamais.

# Tu me manques déjà

Tu dois partir samedi prochain pour une lecture à Marseille dont tu avais oublié de me parler. J'avais repéré, depuis plusieurs semaines, que nous pourrions enfin passer deux jours ensemble. Se consacrer du temps l'un à l'autre. Peut-être quitter la ville. Nous extraire du quotidien qui semble te peser tant. J'étais attristée de savoir que le 26 octobre, jour de mon anniversaire, tu serais *endéplacement*. Je m'étais faite à l'idée de passer cette journée seule, puisque tu étais *endéplacement*. Je m'étais dit qu'on pourrait peut-être avoir un peu de temps le soir – si jamais tu ne rentrais pas au milieu de la nuit – pour un dîner au restaurant, question de mieux digérer mes quarante-deux ans. Mais bon, je me suis habituée, au fil des ans, à ne plus trop rêver. Je me consolais en me persuadant que ce n'était pas grave, puisque nous aurions eu notre week-end. Je n'en demandais pas beaucoup : seulement un week-end, c'est-à-dire quelque chose de normal, banal, basique. Une ambition basique. Un espoir de Français moyen. Je pensais que tu aurais envie de partager ce week-end avec moi. Que cela te ferait plaisir. J'allais même jusqu'à penser que cela était une priorité pour toi. Je me laisse aller à des espoirs insensés. Une folie, n'est-ce pas, que de passer un week-end avec son mari, ce qui ne nous est plus arrivé depuis l'été. Cela fait deux mois que nous travaillons d'arrache-pied, que tu sillonnes la France pour donner des lectures et des conférences, pour rencontrer des gens importants. Tu donnes ton temps, ton énergie, ton amour, à ton écriture, à tes projets, à tes lecteurs, à ton public. Tu donnes ta vie à ceux, anonymes, qui te permettent de vivre. Et il y a une logique à cela. Tu vas retrouver ceux qui t'aiment, ailleurs, dans d'autres villes, loin de la maison. Tu te concentres pour eux, tu penses à eux, tu prépares un choix de textes, tu acceptes de répondre à des questions de plus en plus intimes. Tu es attendu, tu es désiré, tu es unique. Tu existes parce que ton travail artistique existe. Tu es heureux loin de la maison. Et bien sûr quand tu y reviens, fatigué mais rassuré, tu n'y es pas accueilli comme tu le souhaiterais. Tu quittes ta veste de cuir qui te donne si belle allure et tu glisses tes pieds dans des mules qui font clac-clac, tu rentres tes sourires, tu considères avec lassitude la litière du chat. Tu n'es plus un héros, un être exceptionnel. Un écrivain sans qui les lecteurs – et surtout les lectrices – ne trouveraient plus de sens à leur vie. Tu redeviens mon mari et moi ta femme, et le spectacle s'arrête. Tu redeviens le père de tes enfants. Tu redeviens celui qui doit prendre des décisions bien plus triviales, je te l'accorde, que celles de choisir les termes des dédicaces que tu rédiges sur la première page de tes romans, tu dois confirmer les clauses du contrat d'assurance pour la voiture, tu dois affronter la pile de courrier et les résultats de tes analyses médicales. Quand tu rentres après avoir entendu jour après jour à quel point ton œuvre est singulière et essentielle, à quel point tu fais progresser l'histoire de la littérature et de l'humanité, c'est une autre histoire qui commence, une histoire simple qui n'a plus rien à voir avec l'écriture. C'est une histoire ordinaire, celle d'un homme et d'une femme qui ont eu des enfants. Aussi, évidemment, cette histoire-là, que sont capables de vivre les paysans du fin fond des Causses, les caissières des supermarchés ou les électeurs du Front national, cette histoire si banale que partage le premier imbécile venu, comme tu dis, cette histoire-là tu la méprises, elle n'est pas digne de toi, le *grantécrivain*. Tu mérites mieux qu'une famille avec une femme et des enfants, qui t'attendent, qui sont à tes pieds, qui s'adaptent, depuis toujours, à tes absences, tes besoins d'isolement, de liberté, pour te laisser vivre pleinement ton inspiration. Tu mérites mieux qu'une femme qui elle, n'a rien d'original, ni actrice de cinéma ni même journaliste. Une femme assistante sociale, c'est sûr, il n'y a pas de quoi grimper aux rideaux. Mais qui t'aime pourtant, tu mérites mieux qu'une femme qui t'aime ? Tu te prends pour qui ? Cela fait des années que je pose mes vacances selon tes disponibilités, que j'annule des week-ends parce

41

que tu t'es engagé – tu avais oublié de m'en parler, tu es impardonnable comme tu dis – pour un colloque en Italie. Cela fait des mois que je jongle avec mes horaires de travail, pour emmener les enfants au judo, au cours de guitare, aux anniversaires. Cela fait longtemps que j'ai renoncé, moi, à aller aux spectacles, aux dîners en ville, à courir les vernissages, parce que je dois faire face aux devoirs, aux repas, au coucher des enfants. Mais aussi parce que, avec le temps, j'ai compris que je n'étais plus attirée par ce qui brille dehors, par l'illusion des rencontres vaines, la valse des conversations censées changer le monde, l'artifice des échanges vaniteux. J'ai compris que je n'avais plus envie d'apparaître comme la femme du *grantécrivain*, celle que tu rechignes à montrer parce qu'elle n'a rien à montrer. Rien qui pourrait t'être utile. J'en ai assez des soirées où le silence se fait après que j'ai décliné ma profession. Assistante sociale, oh oui, me dit-on, cela doit être difficile, vous devez en voir de toutes les couleurs. Puis un sourire gêné succède aux paroles polies et, après qu'un ange a passé, les regards se tournent à nouveau vers toi.

Toi par qui tout arrive. Alors j'ai décroché, oui c'est sûr, je ne suis plus la fille que tu as rencontrée, au courant du dernier film taiwanais, du prochain concert à la mode, j'ai renoncé à payer des baby-sitters pour aller m'assoupir à l'opéra. Et, quand tu rentres, ma conversation est sans doute ennuyeuse. Je n'ai pas croisé le matin même le directeur des affaires culturelles de la ville, ni le chargé de la programmation du Festival de Berlin, ni Patrice Chéreau, ni Juliette Binoche, ni même le directeur du centre culturel d'Athènes. Non, j'ai vu la voisine d'en dessous qui s'est plainte d'une fuite d'eau venant de chez nous, j'ai fait des courses et pensé à acheter la bière rousse que tu aimes, j'ai rencontré le directeur de l'école pour les problèmes de Thomas. Et j'ai eu ta mère au téléphone, longuement, à qui j'ai donné de tes nouvelles, à qui j'ai dit à quel point tout allait bien. Si longuement que j'ai dû renoncer au roman que j'avais envie de lire ce soir-là. Parce que lire est la seule échappée qui me reste. Et tu comprends pourquoi. Je peux me caler dans mon lit après une journée de travail, après avoir dit bonne nuit aux enfants, je peux enfin, après neuf heures du soir, penser à moi. Et comme je suis seule dans mon lit et que le silence s'abat d'un coup sur l'appartement, je n'ai qu'une chose à faire : ouvrir le livre qui me fera oublier que tu me manques. J'aime lire des romans, je suis même devenue une spécialiste de la littérature contemporaine, et c'est encore ce qui nous tient, ce qui fait que je peux trouver grâce à tes yeux. Je suis celle qui a la primeur de tes manuscrits, celle qui n'hésite pas à te dire à quel point tu es parfois complaisant, celle qui doit donner malgré elle un jugement, précis, circonstancié, étayé, intelligent, celle que tu assailles pour que sortent finalement de sa bouche des compliments. C'est ma seule façon d'exister face à toi. Être ta première lectrice, celle avec qui tu testes ton talent, celle avec qui tu joues au jeu du pouvoir. Je suis ton miroir. Tu lis des passages de tes livres à voix haute dans notre chambre, quand j'aimerais que tu me fasses l'amour. Alors pour me venger, je m'en prends à tes textes, j'ai un esprit critique que j'use jusqu'à la corde. Je te fais payer le fait que tu me négliges. Je dis que la progression dramatique ne fonctionne pas, que l'écriture faiblit, que les clichés sont trop présents. Je dis qu'on n'y croit pas, que je n'aime pas la fin, pas le début, pas les dialogues. Je dis n'importe quoi. De toute façon, tu te fiches de mon avis, tu ne me demandes pas mon avis pour en tenir compte, mais uniquement pour exister. Tu veux que l'on parle de toi, de tes textes, du choix des mots, du rythme, de la tension entre les personnages. Quand j'émets des réserves, c'est que je n'ai pas compris. Tu persistes à penser que je ne comprends pas ce que tu écris. Je ne suis pas à la hauteur, sans doute, du *grantécrivain*, pour percevoir la subtilité de son œuvre. Au lieu de faire l'amour, comme les autres couples, les caissières des supermarchés, les paysans du fin fond des Causses, les électeurs du Front national, au lieu de faire l'amour comme les imbéciles, nous passons nos soirées – quand tu es à la maison – à lire tes textes dans notre chambre, à les analyser, les décortiquer. Au lieu de nous comporter comme des Français moyens, eh bien, nous faisons de la littérature. Nous n'allons tout de même pas baiser comme tout le monde, vulgairement, une fois la lumière éteinte. Quel manque de tempérament, quelle routine ! Nous n'allons pas nous comporter comme le peuple. Tu mérites mieux, n'est-ce pas ? Tu mérites mieux que de réparer des fuites d'eau et descendre les poubelles.

Tu mérites mieux qu'une femme comme moi, et en effet il est préférable que tu partes samedi. Tu ne peux rater une telle opportunité de lecture, et si grassement payée, selon toi. Ce week-end était le seul que nous pouvions passer sans les enfants – puisque je te rappelle que je dois les emmener chez mes parents pour les vacances de la Toussaint – mais le temps passe si vite, tu n'as pas vu arriver les vacances. Tu étais tellement pris dans ton monde. Tu peux partir samedi et aussi quand tu veux désormais. Je vais donc aménager mon week-end loin de toi, loin de la maison, peut-être à Paris où je retrou-verai Pierre et Alice. Je vais aménager mon week-end et sans doute aussi ma vie sans toi. Tu me manques déjà et je ne comprends pas que tu aies laissé s'installer cet insupportable gâchis. Ce qui m'ennuie le plus est que je serai obligée désormais d'acheter tes livres, à moins que tu ne me les envoies avec une belle dédicace. Je serai alors une de tes lectrices anonymes, et peut-être me regarderas-tu enfin comme une femme à conquérir.

# La juste place

Tu as eu cette phrase sidérante. Tu as osé dire que je l'avais oublié. Tu as prononcé une toute petite phrase. Tu m'as accusée de vivre comme si de rien n'était. C'était un reproche. C'était le pire des reproches que tu pouvais me faire.

J'ai compris que personne, pas même toi, papa, ne pouvait savoir comment je me débrouillais avec l'absence. Je pensais que tu savais, que nous pouvions nous dispenser des mots. C'est vrai, je t'en demande peut-être beaucoup. Je voudrais que tu devines. Et je brouille toutes les pistes. Ce n'est plus marqué sur mon front. Je ne parle plus de lui. Je ne fais plus que de lointaines allusions. Je ne me plains jamais. J'ai même parfois l'air gai, je te l'accorde. J'ai retrouvé mon énervement face à la vie, qui vous oblige à voter Chirac, qui vous coince dans les coins. Je joue le jeu. Je sais que le temps réglementaire est écoulé. Ce sont des signes que l'on perçoit, émis par vous tous en toute innocence. Je ne veux pas contrarier le cours immuable des choses. Pour une angine, c'est huit jours, dix pour une grippe et deux années grosso modo pour la perte de l'homme aimé. Sinon c'est l'anarchie. Donc, en bonne républicaine, je donne à voir un autre visage, sur lequel il n'est plus déplacé d'imprimer la couleur du rouge à lèvres. Je propose une version rassurante de moi-même, qui chasse le modèle précédent, étriqué, délavé, dévasté. Je ne serai plus un souci, une source potentielle d'ennuis. Je ne serai plus la victime sur laquelle il convient de veiller. Je te ficherai la paix, papa, n'aie plus peur de moi. Je réparerai mes pneus crevés toute seule.

Mais ce nouveau visage ne convient pas. Ne te convient pas, semble-t-il. On pourrait croire, comme tu me l'as dit, que j'ai tracé un trait sur mon histoire. Tu m'accuses d'avoir oublié, et donc d'avoir trahi. Rien ne convient, je le sais. Ni demeurer dans la mélancolie, ni tracer une voie nouvelle. Je dois inventer une place qui n'existe pas, celle du mort. Je dois le garder tout contre moi sans qu'il se voie. Ni trop présent ni trop absent. Ni trop vivant ni trop mort. Je dois faire un tour de force, résoudre un problème sans solution. On attend encore cela de moi, que je trouve le juste équilibre, le juste ton, la bonne distance.

Un compromis qui arrange tout le monde. Je dois arranger tout le monde. Je dois continuer de dissimuler, doser, déformer. J'ai des doigts de fée. J'ai tous les pouvoirs. Je peux te laminer, papa. En un coup de téléphone. Brouiller ton ciel. Je peux au contraire te rassurer, faire démonstration de la force de vie qui reprend. N'est-ce pas fabuleux, cette étonnante puissance vitale ? Je peux te faire croire ce que tu veux croire. Je suis ton miroir tendu. Tu es mon otage. Je peux débarquer chez toi, soi-disant préoccupée par l'itinéraire de mes prochaines vacances. Et tu seras épaté de voir que j'ai retrouvé le goût de voyager, à Rome en

plus où je voulais me rendre depuis longtemps. Tu seras doublement ravi que je te
demande de garder Pablo pour partir seule,
ou qui sait peut-être même accompagnée.
Tu penseras que je m'en tire bien. Chapeau.
Trop bien cependant. Tu penseras que je
m'autorise des libertés qui frôlent l'indé-
cence. Tu as l'esprit large, tu veux mon
bien. Mais le bien passe par le mal. Tu as
une morale et tu t'en défends. Tu n'es pas
mesquin, tu dis que tu préfères me voir
guillerette à l'idée de partir en vacances plutôt qu'effondrée dans ma chambre. Tu le
penses réellement. Mais deux ans sont à
peine écoulés que je suis en apparence tout
occupée par mon week-end à Rome et cela
te choque. Cela te soulage et te contrarie en
même temps. Que je prenne du plaisir. Il ne
faut pas exagérer. Pourquoi ne pas tenter
d'abord la Bretagne, comme un voyage
de convalescence, alors que Rome sonne
comme une guérison prématurée ? Et de
guérison, chacun, et toi le premier, répète
qu'il n'en existe pas.

Alors je peux le dire ici, puisque tu m'y
obliges, je peux le dire que je me fiche de

Rome. Je me fiche de Rome comme de tout désormais. Si c'est ce que tu veux entendre, pourquoi te ménager, pourquoi faire tout ce cinéma ? Supporterais-tu de me voir arriver chez toi en traînant les pieds, sans projet, sans sujet de conversation, sans sourire ? Bien sûr que non, tu ne supporterais pas, tu me dirais ma fille, il faut réagir, il faut te ressaisir, regarder le monde autour de toi. Tu me prendrais par les épaules et tu jouerais ton rôle de père. Tu me secouerais, tu me ferais promettre de penser à scruter l'horizon. Et tu aurais raison, tu serais là à me secouer et tu existerais, tu existerais enfin, tu serais plus important que lui. Tu redeviendrais mon premier homme. Mais, papa, je ne t'ai pas laissé la place. J'ai eu peur. Je t'ai empêché d'être plus fort que moi. Je me suis secouée toute seule. J'ai joué tous les rôles. J'ai voulu assurer, encore une fois, être celle qui réussit tout, même son deuil. J'ai eu peur d'être consolée.

Je me souviens de maman, qui était choquée en voyant Bernadette Lafont à la télévision, peu après la disparition de sa fille Pauline. Elle était là très naturellement, alors que chacun tentait d'apercevoir sur son visage l'inscription du drame. Bernadette Lafont faisait la promotion de son nouveau film. Et maman était tellement ulcérée, elle ne tenait pas en place sur le canapé du salon. Elle jugeait cette femme, elle allait jusqu'à émettre l'hypothèse qu'elle n'aimait pas sa fille. « Chez ces gens-là, avait-elle dit, les sentiments n'existent pas. » J'avais trouvé cette remarque excessive mais n'étais pas loin de penser la même chose. Je ne savais pas qu'on pouvait vivre, travailler, plaisanter et être malade de douleur. J'ignorais que l'être disparu vous permettait d'exister au travers de son absence. Je ne savais pas que le mort avait cette générosité-là, cette grandeur d'âme. Je ne savais pas que la place du mort était mouvante, qu'elle épousait les contours, qu'elle était parfois étouffante, parfois si discrète qu'elle en devenait inquiétante. Je regardais, vaguement écœurée, Bernadette Lafont dans son chemisier de crêpe, et ne soupçonnais pas qu'elle avait sûrement du mal à respirer et qu'elle prendrait un calmant pour dormir le soir venu. Je ne savais pas ce qu'était une maison vide, un enfant qui ne donne plus de ses nouvelles, un homme qui ne vous regardera plus. J'ignorais qu'on pouvait à la fois être détruit et concentré sur son travail, effondré et souriant, triste et disponible, nostalgique et amoureux. Et toi non plus, je pense que tu n'en as pas idée. C'est facile de jeter cette phrase, de dire que je l'ai oublié. C'est facile de se contenter de ce que l'on voit. Il continue de bouger, papa, comme un cœur qui bat. Il est là, imprévisible, mais toujours en mouvement. Docile ou fulgurant. Assoupi ou insolent. Il m'habite désormais, sans me faire sombrer. Je le porte comme un enfant.

# L'habitude

Je me souviens du premier repas que j'ai préparé pour lui. Après ces deux années de chagrin et de solitude, un homme venait dîner à la maison. Un homme arrivait dans ma vie. Nous nous connaissions peu, nous avions échangé un baiser dans la voiture quand il m'avait raccompagnée. Il m'avait laissée en bas de mon immeuble et j'avais été incapable de lui proposer davantage. Au moment de m'embrasser, il avait dit, d'un air gêné, qu'il n'avait plus l'habitude de tenir une femme dans ses bras. Il avait eu un geste maladroit, avait heurté le rétroviseur avec son coude. Mais comme toujours au commencement d'une histoire, les maladresses sont des trésors. J'étais tapie sur mon siège, et la phrase qu'il venait de prononcer résonnait étrangement en moi. Il n'avait plus l'habitude... Il voulait dire sans doute que son être s'était atrophié, que ses membres s'étaient ankylosés. Il voulait peut-être dire qu'il se sentait amputé. Cette petite phrase qui lui avait échappé, pour excuser sa gaucherie, me permettait d'apprendre qu'il était disponible et qu'il y avait eu une femme longtemps avant, dont j'ignorais tout. Mais pour être honnête, je n'aime pas trop que l'habitude côtoie l'amour. Au lieu de ne rien répondre et de me contenter de sourire intérieurement, j'avais prononcé quelques mots à mon tour, d'apparence anodins. J'avais ponctué sa révélation par un *moi non plus* imbécile. Nous étions à égalité. Nous avions ainsi résumé la situation : deux êtres égarés, qui n'avaient plus l'habitude d'aimer et d'être aimés, revenaient à l'amour, revenaient de loin. Deux êtres qui avaient eu besoin de tout ce temps pour se remettre de l'amour. J'étais montée au sixième étage et avais été incapable de fermer l'œil de la nuit. Je demeurais allongée sur mon lit, me repassant toutes les étapes de la soirée dans leurs moindres détails. Le moment où il était apparu, le temps infini avant qu'il ne me regarde, le temps avant qu'il ne me voie. Moi cherchant ses yeux, et lui poursuivant la conversation à l'autre bout de la table comme si je n'étais pas là. Puis l'instant où c'était arrivé, où pour moi c'était arrivé, les quelques secondes qui font que tout bascule dans la pièce autour de soi, tout se renverse sur le tapis, le moment où l'on coupe le son, où la scène se tourne au ralenti, la seconde qui s'étire en une minute infinie, l'invisible accroche qui tire un visage vers l'autre, les yeux qui se cherchent et s'affolent, la lumière qui n'éclaire plus qu'une seule silhouette, puis la peur, soudain, quand les yeux se rapprochent, à mes côtés, si près que je me trouve minable, pas prête, pas maintenant, pas tout de suite. La peur de ne pas être à la hauteur. Et je me mets à rire pour rien, en une fraction de seconde je suis une autre, c'est parfaitement incompréhensible, je deviens, dans le halo qui m'illumine, quelqu'un de gai, d'enjoué, de drôle, alors qu'en principe je suis une fille mélancolique.

Je me revois devant les fruits et légumes, cherchant l'inspiration pour préparer un repas pour lui. Je suis dans ce magasin que je fréquente chaque jour et dans lequel je remplis mon panier mécaniquement, que je redécouvre pour lui, que j'envisage autrement, emportée par le plaisir d'être là. Je ne sais pas ce qu'il aime, je ne sais rien. J'avance entre les rayons, je suis frappée par la profusion, l'infini des possibles, je suis paniquée, le temps passe et je dois faire le bon choix. Je tiens un panier en plastique à la main et j'ai envie de tout, j'hésite devant tout, j'imagine des combinaisons inédites, j'imagine nos deux assiettes, des cerises en hiver, des champignons des bois, des mûres sauvages. J'imagine un plat cuit au four, la chaleur du four dans la cuisine, la cuisson qu'il faut surveiller en même temps que j'ausculte mon cœur en alerte. J'imagine qu'il faut de la viande, tous les hommes mangent de la viande, rouge de préférence. Mais pour commencer, il y a quelque chose dans le bœuf qui me dérange. Trop bestial pour un premier soir. Je choisis du veau, une pièce tendre, que nous mangerons avec un peu de crème et quelques chanterelles. Tant pis pour le four, ce sera pour une prochaine fois.

Je n'ai pas voulu me laisser piéger, c'est-à-dire préparer le repas sans me préparer, moi, d'abord. J'ai hésité entre plusieurs jupes mais comme il faisait un peu froid dans l'appartement, j'ai choisi la plus enveloppante, avec un pull en laine très douce. J'ai passé du temps dans la salle de bains, ne sachant s'il fallait souligner mon regard d'un trait spécial ou si l'absence d'artifice serait ma griffe. Disons que j'étais sans opinion quand l'interphone a sonné. J'avais encore quarante secondes avant qu'il n'apparaisse à ma porte. J'ai fait en quarante secondes ce que personne n'a jamais réussi à accomplir, j'ai transformé une simple cuisine de trois mètres par trois en un espace brûlant de désir et d'appréhension mêlés. J'ai imprimé mon tremblement à chacun des objets et j'ai fait une tache sur ma jupe avant d'ouvrir.

Il m'a embrassée comme dans les films avant que nous ne prenions le soin de refermer la porte, alors que la minuterie s'éteignait dans le hall. Nous nous sommes un peu bousculés dans l'entrée si étroite et nous avons poursuivi nos maladresses, confirmant l'un et l'autre que nous n'avions plus l'habitude. Nous sommes passés à table sans qu'il ne tente rien , ce sur quoi je n'avais pas d'avis. Comme le plat était tout juste prêt, j'ai servi nos deux assiettes avant de disparaître quelques secondes dans la salle de bains pour nettoyer la tache sur ma jupe. Je n'étais plus vraiment sûre que cet homme me plaisait. Sa voix, peut-être, disait quelque chose qui marquait un décalage avec son apparence. Sa voix me décevait, mais il était trop tôt pour me prononcer. Mon tremblement ne passait pas, je l'attribuais au risque que j'avais pris en préparant ce repas, gérer tout à la fois la cuisson, le moelleux, le compte à rebours, la crème au dernier moment et le bouleversement qui s'emparait de tout mon être, cette sensation que j'avais, non pas oubliée, mais enfouie si loin pour ne plus souffrir que son réveil brutal me confrontait à un état que je ne maîtrisais pas. J'avais face à moi un inconnu, cet inconnu avait ravivé l'amour et m'exposait à tous les dangers. J'avais peur d'aimer et de ne pas aimer, peur de me tromper, peur d'aller trop vite. Je ne savais plus comment être devant un homme, alors je baissai un peu les yeux, et goûtai à ma viande, sans appétit, dans la confusion la plus totale. Il se mit à parler, sans parvenir à m'intéresser vraiment, glissant au passage qu'il n'était pas un fanatique du veau à la crème, ce que j'accueillais avec l'indulgence des premiers jours, sachant que cette parole demeurerait entre nous, s'il devait y avoir quelque chose entre nous. Nous sommes restés longtemps à table, à boire du vin, ne sachant visiblement comment enchaîner puisque le repas a duré plus de trois heures et que ni l'un ni l'autre n'étions convaincus d'imaginer une suite. Il y eut toutefois un deuxième chapitre, un déplacement de l'action de la cuisine vers ma chambre, ce qui paraissait la seule transition possible. Disons qu'il n'a pas osé prendre congé en se contentant de m'avoir fait la conversation, ce qui, à mon avis, aurait été la meilleure des initiatives, mais il est des moments où il est plus simple de faire ce qu'on n'a pas envie que de s'abstenir, allez savoir pourquoi. Il est souvent plus simple de faire que de justifier pourquoi on ne fait pas. J'avais arrangé ma chambre le plus délicatement possible, sans que rien ne paraisse trop apprêté, j'avais changé les draps et laissé traîner quelques livres sur le bureau, un ou deux disques, un journal, et fait disparaître une photo de ma table de nuit. J'avais passé l'aspirateur sur la moquette usée et laissé volontairement un vêtement sur le dossier de ma chaise. Je voulais qu'il imagine une fille décontractée, seul moyen de ne pas l'effrayer. Nous avons parcouru les quelques mètres de couloir qui séparent la cuisine de ma chambre presque avec réticence. En principe l'un se tient devant et tire l'autre par la main dans une joyeuse folie, en principe, le coït commence dans l'embrasure même de la porte. Il n'y avait rien d'extravagant dans notre petit jeu de piste, l'ombre d'une tristesse n'était pas loin de pointer sur nos visages, malgré l'effet du vin. Nous avons joué le jeu du mieux que nous avons pu, tout de même impatients de refaire l'amour. Nous avons retrouvé les gestes, que nous avons tenté d'appliquer à la nouvelle situation, mais aucun ne s'accomplissait dans l'urgence du désir, dans la gourmandise insatiable du commencement. Nous avons fait l'amour en sachant que c'était la première et la dernière fois, ce qui donne une liberté et une grâce insoupçonnées et cette étrange chorégraphie, qui n'engageait rien, ne présageait de rien, nous ouvrait à la possibilité de l'amour sans histoire d'amour. Il a eu la délicatesse de ne pas s'endormir à mes côtés, a rassemblé ses affaires dans l'obscurité et il est parti sans que je le raccompagne. Je suis restée dans mon lit, me sentant furieusement abandonnée, trahie par moi-même, sans doute incapable d'aimer à nouveau. Je suis redevenue une fille mélancolique, je n'ai pas eu envie de rire quand, le lendemain, j'ai débarrassé la table de la cuisine et jeté à la poubelle tout ce que nous n'avions pas mangé.

# L'année de mes dix ans

Cela se passe sur la Côte d'Azur. C'est le mois de juillet. Il y a les vagues qui s'écrasent contre les rochers sous le chemin. Il y a ma mère qui crie tous les dix mètres, qui demande à mon père de faire attention à mon petit frère. Nous avançons les bras chargés, la glacière, le parasol, les matelas pneumatiques. Nous sommes une famille en file indienne, les uns derrière les autres, plus ou moins inquiets. Il y a les paroles de ma mère, son agacement, le silence de mon père et le chant des cigales, lourd et pénétrant. Cela arrive l'année de mes dix ans, alors que je nage très bien sans bouée et que j'étrenne un maillot de bain deux pièces. Mes parents restent sous le parasol, mon père assis, les yeux rivés sur la ligne d'horizon, fumant des cigarettes, et ma mère allongée, tantôt sur le dos, tantôt sur le ventre. Mon frère et moi sortons de l'eau et nous enveloppons dans de grandes serviettes douces quand c'est l'heure du pique-nique. Nous partageons nos chips et nos tomates et je vois bien que ma mère n'enlève pas ses lunettes de soleil. Après, mon père marche jusqu'à la jetée, disparaît un long moment. Ma mère me demande de lui appliquer de l'ambre solaire dans le dos et s'endort au soleil, oubliant que mon petit frère ne sait pas nager. Heureusement, je suis là, on peut compter sur moi. De retour au camping, ma mère étend les serviettes et les maillots sur un fil tendu entre la caravane et un eucalyptus. Mon père propose une partie de ping-pong. Je joue de mieux en mieux, j'apprends les revers, je smatche.

Cela arrive le matin après le petit-déjeuner, après que mon père a lavé les bols et rangé le pain et le miel, après que j'ai essuyé la table. Ma mère dit qu'elle s'en va. Ma mère nous quitte et part à pied. Elle prend une petite valise et mon frère par la main.

Elle ne m'embrasse pas, elle ne me dit rien de spécial. Elle marche sur l'allée centrale du camping, je comprends que je ne dois pas la suivre. Seul mon petit frère se retourne, qui n'a pas compris ce qui se passe. Je reste debout devant la porte de la caravane sans oser entrer. Mon père est à l'intérieur. Moi dehors et lui dedans, et ma mère et mon frère qui se dirigent vers la gare. Je ne trouve rien d'autre à faire que de plier scrupuleusement les serviettes sèches, et les maillots de bain. J'en fais un empilement parfaitement rectiligne, une composition dérisoire que je pose sur la table du petit-déjeuner. J'y repense chaque fois que je plie le linge.

Rien ne bouge à l'intérieur de la caravane. D'habitude, j'entends mon père qui se rase, j'entends la radio. Je suis encore en chemise de nuit et je ne suis pas lavée. Je m'assieds sur une chaise pliante, alors que tout le monde, dans le camping, s'agite, fait des allers et retours entre les sanitaires et les tentes, fait des projets pour la journée. Moi, je regarde mes doigts de pied et constate que l'index du pied gauche (je me demande si on dit l'index pour les pieds) est plus petit que celui du pied droit. J'entends des pas à l'intérieur, la caravane bouge. Mon père apparaît sur le seuil, et me frappent ses cheveux trop longs et ses pattes jusqu'au milieu des joues. Il m'invite à un petit tour en voiture, me donne juste le temps de me préparer. Je m'installe sur le siège avant pour la première fois. J'hésite. Je me demande si ma place a changé. Je tente quelque chose de nouveau. J'improvise. Mon père allume une cigarette et descend la vitre. La voiture roule au pas dans l'allée centrale du camping, avant de franchir la petite barrière de la réception, et nous voici sur la route qui longe la mer, dans un parfait silence. Mon père accélère et je me demande où nous allons, j'imagine que nous nous dirigeons vers la gare pour rattraper ma mère. Mais non, il n'y a pas de gare le long de la corniche et nous roulons les fenêtres grandes ouvertes, dans la douceur du matin, face au soleil déjà haut. Je ne demande rien, je vois bien que rien n'est normal, ni les gestes de mon père, ni les vibrations du moteur, ni les gens que j'aperçois sur la plage qui m'apparaissent comme à travers un écran, sans vie et sans voix. Je suis comme dans un film muet, et le monde me parvient en noir et blanc. Je n'ose prononcer un mot de peur de déséquilibrer notre embarcation. Je me cale contre mon siège et attends que la suite arrive, je voudrais me faire oublier, ne pas être là. Mon père conduit encore longtemps, le visage immobile, parfaitement absent. Il arrête la voiture sur la petite place d'un village. Il ne m'a pas encore regardée depuis que nous sommes partis, il ne s'est pas adressé à moi. Je sais qu'il est tout entier occupé par l'image de ma mère, j'imagine qu'il ne sait comment continuer. Nous nous asseyons à l'ombre à la terrasse d'un restaurant. Nous commandons un café pour mon père et, comme j'hésite, il me propose une glace avec de la Chantilly, il insiste, il est sûr que je vais adorer. Je n'ose pas refuser, cela a l'air de lui faire plaisir. Nous demeurons face à face, assommés par le fardeau qui nous étouffe. Je fais semblant d'apprécier ma coupe glacée mais tout fond avant que j'aie le temps de la finir, je remue la cuillère dans le jus rose et blanc, je suis désolée. Mon père se lève d'un coup et me suggère que nous allions chez le coiffeur. Il dit qu'il veut une belle coupe de cheveux. Nous traversons la place et entrons dans une petite boutique où il fait une chaleur suffocante. Mon père s'installe et le coiffeur demande si je veux une coupe moi aussi. En principe, je veux garder mes cheveux longs, ils me descendent au milieu du dos. Le coiffeur insiste, mon père me dit à l'oreille : « Ce sera notre surprise. » Il me passe aussi le bras autour de l'épaule. C'est à cause de son bras, je crois, qui se pose sur ma peau, que j'accepte de me laisser couper les cheveux. C'est à cause de cet élan de complicité, cette seconde tout à fait inattendue, où mon père me désigne comme étant la fille à qui il peut se confier, c'est à cause de tout ce temps qu'il faut occuper, à cause de la cruauté de cette journée de vacances que j'accepte de répondre par une autre cruauté : me laisser amputer de mon épaisse crinière et concéder au sacrifice. Nous ressortons de la boutique et nous regardons mutuellement en souriant. Nous avons commis une petite folie. Lui s'est fait raser les pattes et moi je ressemble à un garçon. Oui, on dirait mon frère. Nous sommes méconnaissables, nous avons changé de peau. Nous marquons le moment qui sépare l'avant et l'après. Nous marquons la frontière indélébile, l'impossible retour en arrière. Nous remontons dans la voiture et prenons la route en sens inverse. Je n'ose demander à mon père ce qu'il a voulu dire quand il m'a parlé à l'oreille. De quelle surprise s'agissait-il ? Est-ce à ma mère qu'il voulait faire une surprise ? Je me mets à espérer que ma mère sera revenue, je me persuade qu'elle sera là à notre retour, j'imagine qu'elle aura raté son train, qu'elle aura changé d'avis. Et sans doute mon père imagine-t-il cela aussi parce qu'il accélère, il roule un peu trop vite. Le suspens s'installe dans la voiture sans que nous ne prononcions un mot, sûrs que nous pensons à la même chose. Mon père se métamorphose au fur et à mesure que les kilomètres s'écoulent, il me semble de plus en plus tendu, il oublie de mettre les clignotants. Il redevient l'homme inaccessible qu'il était à l'aller, ignorant ma présence. La crème Chantilly me donne envie de vomir. Nous n'avons pas mangé. C'est le milieu de l'après-midi et nous rentrons au camping, espérant comme des fous, nous franchissons la barrière de la réception, rou lons au pas dans l'allée centrale. Nous ten tons d'apercevoir la caravane au loin. Nous avançons comme au ralenti, dans un silence dont la densité nous étrangle. Nous approchons et arrêtons la voiture sur l'emplacement qui nous est réservé, sans couper le contact. Rien n'a bougé depuis le matin. La porte de la caravane est toujours fermée. Nous restons assis dans la voiture un moment interminable, incapables de faire le moindre geste. Mon père laisse tourner le moteur encore longtemps. Il regarde droit devant, il fixe la corde à linge avec les pinces accrochées dessus. Il ne sait plus comment poursuivre. C'est comme si notre vie s'arrêtait là, devant la porte close de la caravane. Plus rien n'est possible. Ni parler, ni bouger, ni avaler notre salive. Je cherche des idées pour pouvoir m'échapper, je pourrais courir vers les tables de ping-pong, mais j'ai peur pour mon père. Je ne sais si je l'encombre, je ne sais si je dois rester. J'aimerais qu'il me dise, j'aimerais qu'il décide, comme il l'a toujours fait. Mais il oublie qu'il est mon père, il oublie qu'il est l'adulte et moi l'enfant, et j'ai la sensation que tout s'inverse, tout se mélange, tout s'anéantit. Alors que le moteur continue de tourner, je comprends que l'enfance s'arrête là, dans ce camping du sud de la France, et je n'imagine rien après.

# Les veuves

Les veuves ne veulent pas déranger. Elles remercient, s'excusent, disent pardon. Elles se sentent un peu responsables de la mort de leur mari. Elles ne veulent pas qu'on les soupçonne. Elles ne veulent pas qu'on les plaigne. Elles aimeraient être quelqu'un comme vous et moi.

Les veuves sont perdues dans leurs pensées. Elles se repassent la litanie des « si ». S'il n'avait pas pris la route nationale, s'il n'était pas monté sur le toit, s'il m'avait écoutée, si ma mère ne nous avait pas invités ce jour-là, si je n'avais pas accepté l'invitation, si je ne m'étais pas absentée…

Les veuves ne mettent pas de rouge à lèvres ni de noir sur leurs yeux. Elles n'ont plus de corps ni de cheveux. Elles ne se regardent plus dans le miroir. Pendant un temps parfois très long.

Les veuves s'occupent seules de leurs enfants. Quand leurs enfants sont adultes, elles s'occupent seules d'elles-mêmes. Les veuves doivent être une mère et aussi un père. Comme il est dit par Freud qu'aucun parent ne réussit l'éducation de ses enfants, elles la ratent doublement.

Les veuves mangent des tomates plantées dans le jardin par leur mari. Elles n'en perdent pas une miette, elles en font des coulis, et aussi des conserves. L'année suivante, elles ouvrent le bocal et disent en servant : « Ce sont les tomates plantées par papa. » Leurs enfants sourient en les fusillant du regard.

Les veuves écoutent les disques qu'écoutait leur mari, écoutent les émissions de radio qu'écoutait leur mari, lisent les journaux que lisait leur mari.

Les veuves apprennent à changer les ampoules qui ont claqué, à vérifier le niveau d'huile de la voiture, à percer des trous dans les cloisons. Elles se rendent compte qu'elles auraient pu accomplir cela bien avant.

Les veuves imaginent que leur mari peut revenir. Parfois elles jouent à ce jeu stupide. Elles se font belles pour attendre son retour. Elles vont chez le coiffeur et se sourient à elles-mêmes.

Les veuves agencent la maison comme elles le désirent. Plus rien ne traîne, ni trousseau de clés, ni portefeuille, ni linge sale, ni journaux, ni cendriers pleins. Elles n'ont plus de chemises à repasser, de pantalons à étendre.

Les veuves ont peur des miroirs, elles ont peur des reflets, des ombres, des flous. Les veuves n'aiment pas que les rideaux bougent avec le vent. Elles n'aiment pas les portes qui claquent, le bois de la charpente qui travaille. Les veuves ont peur de ce qui est invisible.

Les veuves ont peur de vieillir et d'atteindre l'âge de leur mari. Elles ne veulent pas devenir plus vieilles que lui. Elles ne supportent pas d'être l'aînée. Un jour, elles auront l'âge d'être la mère de leur mari. Elles ne veulent pas en plus un enfant mort.

Les veuves écrivent de petites phrases sur des carnets. Elles ont tendance à s'adresser à leur mari. Elles leur racontent les événements du quotidien. Elles le font en cachette, elles ne veulent pas qu'on les croie folles.

Les veuves vont au cimetière. Elles ont un secret, un lieu de rendez-vous, elles ont un alibi, une excuse implacable. Les veuves ont un pouvoir minuscule, celui d'être perpétuellement absentes.

Les veuves prennent un chat, le caressent en regardant la télévision. Le plus souvent, c'est un chat qu'elles détestent, qu'elles nourrissent distraitement.

Les veuves sont montrées du doigt dans le quartier. Elles ont quelque chose que les autres n'ont pas. Quoi qu'elles fassent, on les trouve sinistres et courageuses. Elles deviennent des cobayes, des objets d'expérimentation.

Les veuves ne savent quoi faire de leur temps libre, de leurs vacances. Elles étudient le calendrier, elles remplissent les vides, elles colmatent les brèches. Les veuves n'aiment pas le vendredi soir. Elles redoutent les dimanches.

Les veuves nettoient la maison pour occuper le temps. Elles font les vitres, passent la serpillière, briquent la salle de bains. Elles tentent d'effacer la tache qui est tombée dans leur maison.

Les veuves n'ont pas le monopole de la douleur. On ne cesse de le leur faire comprendre. On les remet souvent en place, on oublie de leur répondre. Les veuves ne sont pas joyeuses, il ne faut pas croire.

Les veuves ne font pas l'amour. Elles dorment dans le grand lit conjugal mais n'occupent que leur côté. Les premières semaines, elles dorment la tête enfouie dans l'oreiller de leur mari, sans en avoir changé la taie.

Les veuves sont perdues. Elles s'accrochent à un détail, une image, une parole. Elles continuent de vivre parce qu'elles n'ont pas le choix. Parfois elles meurent.

Les veuves ont peur de se souvenir. Elles préfèrent ne pas. Elles ne savent plus les dernières paroles échangées, elles sont dans le flou. Les veuves n'entendent plus la voix de leur mari, elles cherchent mais la voix leur échappe.

Les veuves confondent les mots. Elles font des lapsus. Le langage les trahit, elles se bagarrent contre la langue. Elles lisent *deuil* au lieu de *seuil*, *mort* au lieu de *mot*, *tombe* au lieu de *tombé*, *bière* au lieu de *bière.* Elles mélangent les syllabes, elles deviennent dyslexiques. Elles sont obsédées par le vocabulaire qui dit la mort. Elles détestent le mot *décédé*, elles entendent *décidé*, elles refusent de penser qu'on peut se décider à mourir. Elles ne peuvent plus *mourir de rire, être crevées, être mortes de fatigue.* Elles traquent les mots dans la langue des autres, elles se demandent s'ils réalisent ce qu'ils disent. Elles sont obsédées par la présence de la mort dans la vie. Elles deviennent des spécialistes.

Les veuves n'osent pas dire que leur mari était : pénible, brutal, indifférent, égoïste. Elles font de légers sous-entendus, elles s'accordent de petits arrangements. Les veuves n'osent pas dire : bon débarras.

Les veuves reprennent en main les finances, l'entreprise, la clientèle. Elles reçoivent l'assureur, le banquier, l'imprimeur, le transporteur. Les veuves se changent parfois en hommes. Certaines aiment cela.

Les veuves sont inconsolables. Elles sont ailleurs, inaccessibles, définitivement perdues. Les veuves sont à côté : de la vie, du plaisir, de la beauté.

Les veuves ne sont pas dupes. Elles savent qu'on les observe. On les surveille, on les juge. Les veuves ont une morale à préserver, une mémoire à honorer. Elles n'ont qu'à bien se tenir.

Les veuves entrent dans le clan des femmes seules. Elles sont invitées à des soirées entre amies, des sorties entre copines. On les englobe dans le groupe des divorcées, des séparées, des célibataires. Elles ne se reconnaissent pas dans cette communauté. Elles redoutent ce monde sans hommes. Elles n'ont rien contre les hommes.

Les veuves redoutent les familles, les Renault Espace remplis à ras bord. Elles ont mal au ventre quand un enfant dit *papa*. Elles sourient bêtement pour ne pas attirer l'attention.

Les veuves deviennent une menace pour les autres femmes. Elles sont désormais disponibles.

Les veuves sortent en cachette, prennent l'autobus ou le taxi. Elles retrouvent parfois un homme en ville. Qu'elles aiment. Elles sont encore capables d'aimer, et d'être aimées. Mais elles n'en parlent à personne. Elles se sentent coupables.

Les veuves se remarient. On dit qu'elles refont leur vie. On oublie alors que ce sont des veuves.

# Les objets

J'ai maintes fois imaginé ce moment. Toi
ouvrant la porte de l'appartement avec la clé
que tu as encore. Toi venant inventorier nos
objets communs pour décider de ce que tu
prends, de ce que tu laisses. Je t'avais proposé, confiante, de faire le choix toi-même,
j'avais ajouté, pour rendre palpable ma
grandeur d'âme, que je n'attachais aucune
importance aux objets. On n'allait tout de
même pas s'abaisser à s'affronter sur le terrain du monde matériel. On s'était promis
de se tenir à distance des *choses* qui avaient
donné un cadre à nos douze années de vie
commune. On allait se montrer dignes,
avions-nous affirmé, on allait prendre un
peu de hauteur, à présent que l'essentiel
était réglé. On n'allait pas tout gâcher une

nouvelle fois. Pour un tapis, un lecteur DVD, un miroir marocain. J'ai entendu la clé dans la serrure après que tu as sonné, et j'ai interrompu mes gestes. Je savais que tu devais venir ce matin, je tenais à être là. La cuisine sentait le café et je t'en ai proposé une tasse, que tu as bue debout près de la fenêtre. Tu préférais opérer avant que les filles ne rentrent de l'école. Tu t'es excusé et t'es dirigé vers le salon, tu avais l'air décidé. Je ne t'ai pas suivi, j'ai préféré te laisser agir seul, face à la grande bibliothèque, à notre collection de disques, j'ai préféré te laisser méditer seul devant les objets rapportés de nos voyages, ce qui revenait à te laisser méditer sur la folie de ton départ. Je ne voulais pas t'influencer, je m'efforçais de ne rien ressentir et je savais que tu tentais le même exercice : pas d'affect, pas d'hésitation, pas de faiblesse. J'imaginais, depuis la cuisine, que je m'évertuais à nettoyer pour m'occuper les mains et l'esprit, que tu avais soigneusement préparé ta venue, que tu avais méticuleusement inventorié chacun de tes gestes, que tu avais passé en revue le contenu de chaque armoire, chaque tiroir, chaque rayon. J'imaginais, debout devant la plaque de cuisson que je récurais avec acharnement, que tu avais fait un relevé topographique des lieux, que tu allais agir avec la précision d'un gentleman cambrioleur, avec tact, doigté, élégance. Je pensais, alors que l'eau coulait à flots dans l'évier, que ton choix serait une façon de me parler, un langage dans lequel j'aurais à décrypter un nouveau message. J'espérais, en fermant le robinet, puis en l'ouvrant de plus belle, que tu avais encore quelque chose à me dire. Je t'avais proposé de faire le choix toi-même, dans mon apparente bonté, je t'avais invité à te déterminer, sans être consciente que je te tendais un piège. Je t'avais sommé de te confronter à l'impossible, pensais-je en enlevant mes gants en caoutchouc, et j'imaginais sans doute te faire ainsi payer le prix de l'humiliation et de la douleur que tu m'avais infligées. Je n'entendais aucun bruit et n'osais sortir de la cuisine, alors j'en profitai pour laver aussi les vitres, ce que personne n'avait fait depuis plusieurs mois. Je m'en voulais de demeurer prisonnière de la pièce, sans autre ambition que d'en briquer chaque mètre carré. J'allumai la radio pour alléger l'atmosphère, pour que soit neutralisé chacun de nos gestes. C'était *Pour la peau*, l'une des chansons de Dominique A que nous avions écoutées le soir où tu m'avais annoncé que tu n'étais « plus sûr de m'aimer », alors que nous venions de finir une bouteille de vin blanc. Je changeai de station, et c'était un extrait du *Requiem* de Mozart, ce qui me fit penser que la situation était définitivement désespérée. Je continuais de tenter de m'extraire de ta présence en triant le contenu du placard de la cuisine, déposant sur la table les flacons d'épices et les sachets de potages périmés, remettant en place chaque bocal, chaque pot, que je classais littéralement par catégories avec une précision maniaque – le sucré sur l'étagère du bas, et le salé sur celle du haut – alors que, dans le salon, tu procédais à une observation aussi fine que la mienne, me figurais-je, tu envisageais chaque objet à la lumière de son histoire, et donc de notre histoire, et sans doute succombais-tu à l'absurdité de la situation. C'est ce que je me disais en me versant une nouvelle tasse de café, j'espérais que chacun des objets pris entre tes mains viendrait te brûler, te ramenant au temps où tu étais « encore sûr de m'aimer », je priais pour que les objets que tu choisirais d'emporter t'empêcheraient de vivre en paix, agiraient dans ta vie nouvelle comme des fauteurs de troubles, des fétiches malfaisants. Et plus le temps passait, plus je me demandais ce que tu étais venu chercher vraiment, entre les quatre murs de l'appartement, j'avais peur soudain que tu te laisses gagner par ta propre cruauté et que tu sois pris d'un élan de destruction, comme cela avait manqué d'arriver lors de l'une de nos discussions, alors que les enfants dormaient à côté, nos discussions pour ne pas dire nos affrontements, nos règlements de comptes. Je craignais, fumant une cigarette la fenêtre ouverte, que le véritable enjeu de ta visite soit d'effacer les traces, d'anéantir toute preuve des années passées ensemble, *années de plomb*, aimais-tu assener, *années noires, comment ai-je pu supporter*? aimais-tu enchaîner. Puis je me ressaisis, baissant le volume de la radio pour que me parvienne le bruit que tu te gardais bien de faire, ne me donnant aucun indice, rien, te comportant en parfait fantôme, en ombre que tu étais devenu les derniers mois. J'ai compris que tu avais gagné la chambre des filles, ce qui ne me plaisait pas, me disais-je en frottant à présent l'intérieur du frigo, à moins que tu n'aies rejoint notre chambre, ce qui me contrariait plus encore, mais là je ne voyais pas ce que tu aurais pu y prendre, tu avais emporté tes vêtements depuis les premiers jours, me rassurais-je en nettoyant le compartiment à œufs, il ne restait rien dans la grande armoire, à moins que tu ne t'intéresses aux albums photos rangés dans la commode, ce qui était une autre affaire, réagissais-je soudain, dont nous avions omis de parler et qui nécessiterait un traitement spécial. Mais non, tu étais toujours dans le salon, et je croyais percevoir le craquement du parquet, ce qui signifiait que tu te déplaçais, que tu tanguais peut-être, indécis. Puis je t'ai entendu plaquer deux accords de guitare et je t'en ai voulu pour cette faute de goût, c'était ta guitare, me disais-je en sortant du frigo le beurre, les yaourts et les bouteilles pour mieux accéder aux surfaces à nettoyer, et je m'étonnais que tu ne l'aies pas emportée plus tôt – les hommes partent toujours avec leur guitare – mais cela faisait longtemps que je ne tentais plus de comprendre chacune de tes réactions. Tu étais debout dans l'embrasure de la porte de la cuisine alors que je me tenais accroupie devant les bacs du frigo comme une parfaite idiote et tu m'as dit que tu t'en allais, que, tout bien réfléchi, tu ne prenais rien, que ça n'avait pas d'importance. Avant que j'aie eu le temps de te proposer une nouvelle tasse de café, froid cette fois, pour repousser de quelques minutes ton départ définitif, avant que j'aie défroissé les plis de ma jupe, tu as dit que tu attendrais les enfants à la sortie de l'école vendredi soir comme prévu. Tu as été parfait, tu n'as rien emporté, aucun des livres qui t'avaient marqué, aucune des musiques autour desquelles nous avions construit notre histoire d'amour, aucun bibelot, pas même *l'homme barbu* que je t'avais offert pour tes quarante ans, ni le petit tableau que j'avais eu un mal fou à choisir quelques années plus tôt et dont le titre, *Victoire*, jurait à présent dans l'appartement. Tu me laissais en plan avec les objets, tu me laissais avec le frigo et le lave-vaisselle, la télévision et le lampadaire du salon, tu m'abandonnais avec les tiroirs pleins, les rayonnages pleins, et c'était du vide que tu laissais, tu me léguais la suite de notre histoire, avec toute sa matière, toutes ses nuances, tu me laissais la forêt avec tous ses arbres, ses vieilles souches, son lierre grimpant, tu partais mais ne séparais rien, tu quittais la maison sans arracher les rideaux, tu ne prenais aucun risque, tu contournais l'épreuve, tu fuyais sans traces, sans preuves, sans bagages. Tu ne faisais pas le lien entre ta vie passée et ta vie future. Tu avais voulu m'épargner, me faisais-tu croire, mais tu m'infligeais ainsi le coup de grâce. Et si je m'étais plainte, tu m'aurais dit ne pas comprendre, encore une fois, tu m'aurais dit *quoi que je fasse, ça ne va jamais*, si tu avais pris le petit tapis et les disques de Miossec, j'y aurais vu de la malice et de la perversité, si tu avais pris le coffre dans l'entrée, j'y aurais vu de la vengeance, si tu avais pris le grand livre des ciels d'Eugène Boudin, j'y aurais vu de l'arrogance, alors tu n'avais rien pris, me dirais-tu, tu avais préféré ne rien toucher. Tu refermais la porte derrière toi et je restais seule pour toujours, avec la maison remplie à ras bord de notre histoire ratée.

# Le temps a passé

Le temps a passé mon amour et tu es là, les enfants sont partis depuis peu, nous n'imaginions pas qu'ils choisiraient le bout du monde pour construire leur vie, nous ne savions pas qu'un jour nous aurions plus de cinquante ans. Comme mon cœur est lourd, non pas du fait de notre nouveau face-à-face, mais à cause du peu de temps qu'il nous reste à vivre ensemble, comme mon cœur étouffe ce soir, je voulais te parler avant qu'il ne soit trop tard. Je me sens ridicule, on ne convoque pas son amour pour lui dire merci, on n'arrête pas le cours des choses pour dire qu'on est heureux. Mais je ressens ce soir la peur de te perdre, alors que rien de particulier n'est arrivé, l'automne peut-être qui s'infiltre en moi et annonce l'avant-goût de la fin. Qu'avons-nous fait de tout ce temps, ces trente années qui nous ont vus vieillir, au cours desquelles nos espoirs se sont transformés ? Nous avons compris que nous ne changerions pas le monde, nous avons changé notre façon de voir le monde, nous avons pensé autant que nous avons agi. Nous avons bricolé. De petites choses, de petits instants volés au grand mouvement universel. Nous avons puisé en l'autre la force d'être soi-même. Tu m'as regardée et cela m'a suffi pour oser faire tous les gestes. On sous-estime la puissance d'un regard, on ne sait rien de la façon dont il marque une existence. C'est, la plupart du temps, une fois que le regard s'est éteint, qu'on comprend. On éprouve alors la force qui vous quitte, le tremblement qui vous habite désormais.

Il ne s'agit pas d'un bilan, mon amour, mais d'un élan, un nouvel élan vers toi. Quand je vois autour de nous le vertige des naufrages amoureux, l'illusion de la liberté tant convoitée, le fantasme de l'instant exalté, de la jouissance sans limites, quand j'entends les conversations alimentées par la douleur d'aimer ou de ne plus aimer, quand je lis tous les livres où s'inscrivent les stigmates de l'échec, où se déploie l'esthétique de la perte, j'ose me tourner vers toi et te redire que je t'aime, j'ose quelque chose de ridicule, de démodé, qui, en principe, ne fait pas littérature, comme l'on dit. Si je devais dire oui à nouveau ce soir, je dirais oui pour une vie entière à tes côtés. Alors je ne le crie pas trop fort, on pourrait rire de nous, les deux *quinquas* qui semblent découvrir l'eau tiède, qui se serrent les coudes une fois leurs enfants évaporés, on pourrait nous prendre pour des demeurés. C'est une affaire entre toi et moi, n'est-ce pas, disons plutôt entre moi et moi, parce que j'ai pris l'habitude de parler toute seule dans le noir depuis que tu n'es plus là.

# Table

Une précédente version de « La fin de l'histoire »
a paru dans *Histoire de lecture – Lire en Fête*
2002 (Ministère de la Culture et de la Communi-
cation, Centre national du livre).

Une précédente version de « La juste place » a
paru dans *Lettres de résistances* (Les Correspon-
dances de Manosque – Pocket 2004).

*Cet ouvrage a été composé
par IGS-CP à L'Isle-d'Espagnac (Charente)
et achevé d'imprimer en mars 2007
sur presse Cameron
dans les ateliers de **Bussière**
à Saint-Amand-Montrond (Cher)
pour le compte des Éditions Stock
31, rue de Fleurus, 75006 Paris*

*Imprimé en France*
Dépôt légal : mars 2007
N° d'édition : 83978 – N° d'impression : 070789/1
54-51-5925/0